NAVID KERMANI

ZU HAUSE IST ES AM SCHÖNSTEN, SAGTE DIE LINKE HAND UND HIELT SICH AN DER HEIZUNG FEST

Mit Illustrationen
von Mehrdad Zaeri

Hanser

Einmal wollte ich durch Afrika reisen.

MEINE AUGEN freuten sich auf ... na, worauf würden sich eure Augen wohl am meisten in Afrika freuen, auf die Pyramiden, auf die Savannen, auf die wilden Tiere? ... also meine Augen freuten sich am allermeisten auf den Nil, den sie in Afrika erblicken würden.

MEINE OHREN freuten sich auf .... ja, klar, auf die Musik, aber welche? ... meine Ohren freuten sich auf den Jazz, den ich in Addis Abeba hören würde.

MEINE NASE freute sich auf … darauf kommt ihr nie! … auf die frischen Kräuter, die ich auf dem Markt von Timbuktu riechen würde.

MEIN MUND freute sich auf ... nein, nicht aufs Essen ... viel schöner als Essen ... was ist denn wohl das Schönste, was ein Mund machen kann ... mein Mund freute sich auf das Lachen, mit dem mich die Gambier anstecken würden.

MEIN BAUCH freute sich auf ... ogottogott, mein ohnehin schon viel zu dicker Bauch ... mein Bauch freute sich auf die würzigen Gerichte, die ich auf den Kapverden essen würde.

MEIN KOPF freute sich ... ja, auf was freut sich wohl der Kopf eines Schriftstellers? ... auf die Geschichtenerzähler, die ich in Marrakesch hören würde.

MEIN HERZ ... und das, Kinder, ist das Allerwichtigste im Leben: worauf sich unser Herz freut ... mein Herz freute sich auf die Menschen, die ich überall in Afrika lieben lernen würde.

MEIN POPO ... mein Gott, mein Popo muss sich doch auch freuen dürfen ... mein Popo freute sich auf die Kamele, auf denen ich durch die Sahara reiten würde.

MEINE BEINE freuten sich ... ja, ich weiß schon, eure Beine würden sich wohl auf Fußball freuen oder aufs Tanzen oder vielleicht auch aufs Faulenzen ... aber meine Beine freuten sich auf den Kilimandscharo, den ich besteigen würde.

MEINE KEHLE freute sich auf ... worauf freut man sich nach einer Gipfelbesteigung? ... meine Kehle freute sich auf die Cocktails, die ich in den Bars von Nairobi trinken würde.

MEINE FÜSSE freuten sich auf ... wenn ihr das erratet, lade ich euch zum Cocktail ein ... meine Füße freuten sich am meisten auf die Aufzüge, mit denen ich die Wolkenkratzer von Johannesburg hochflitzen würde.

MEINE RECHTE HAND freute sich auf ... das ist nun wirklich einfach, worauf sich die rechte Hand freute, denkt doch mal nach! ... auf die vielen Hände, die ich auf meiner Reise schütteln würde.

Nur **MEINE LINKE HAND**, die … Achtung, jetzt beginnt die eigentliche Geschichte! … die freute sich nicht.

»Ich will nicht nach Afrika!«, sagte die linke Hand, gerade als ich zum Flughafen fahren wollte.

»Jetzt komm schon, linke Hand«, sagte ich. »Alle wollen nach Afrika, die Augen, die Ohren, die Nase, der Mund, der Bauch, der Kopf, das Herz, der Popo, die Beine, die Kehle, die Füße, sogar die rechte Hand will nach Afrika – warum du denn nicht?«

»Zu Hause ist es schöner«, sagte die linke Hand.

»Papperlapapp«, rief ich, »du kommst jetzt gefälligst mit!«

Da nahm ich mit der rechten Hand den Koffer, um aus dem Haus zu gehen, als es plötzlich **RUCK!!!** machte, weil sich die linke Hand an der Heizung festhielt, und dann **HUCH!!!**, weil ich durch den Ruck zurückgeschleudert wurde, und dann **KNALL!!!**, weil mein Kopf gegen die Heizung prallte, und dann **AUA!!!**, weil meine Kehle vor Schmerz laut aufschrie.

»Lass sofort die Heizung los!«, rief mein Mund, und meine Augen blickten die linke Hand zornig an, die sich mit aller Kraft an einem Heizungsrohr festhielt.

»Ich will nicht nach Afrika«, murmelte die linke Hand.

Ich zog an der linken Hand

und ich **ZERRTE**

und ich **FLEHTE**

und ich **BETTELTE**

und ich **SCHIMPFTE**

und ich **SCHRIE**, dass wir noch das Flugzeug verpassen würden, wenn die linke Hand nicht sofort die Heizung losließe.

Aber die linke Hand hielt sich ungerührt am Heizungsrohr fest.

»Ihr könnt ja ohne mich nach Afrika fliegen«, sagte die linke Hand.

»Wie soll ich denn bitte schön ohne dich fliegen?«, fragte ich. »Soll ich dich vom Arm abschneiden, oder was?«

»Ja, schneid sie ab!«, mischte sich die rechte Hand ein. »Die linke Hand wird völlig überschätzt.«

»Soso«, antwortete die linke Hand. »Und wieso sind wir dann zufällig Linkshänder?«

»Nur, weil du dich immer vordrängelst!«, schrie die rechte Hand. »Immer müssen wir nach deiner Nase tanzen.«

»Die Nase bin ich!«, empörte sich die Nase.

»Ach, das ist nur meine rechte Hand«, sagte die linke Hand zur Nase. »Die musst du nicht so ernst nehmen.«

»Ich geb dir gleich eins auf den Mund!«, drohte die rechte Hand.

»Auf den Mund?«, erschreckte sich der Mund.

»Jetzt hört endlich auf zu streiten«, ermahnte ich meine Körperteile. »Wenn wir nicht sofort losfahren, verpassen wir das Flugzeug.«

»Ja, und?«, grummelte die linke Hand. »Ich will sowieso nicht nach Afrika.«

Da blickten **MEINE AUGEN** die linke Hand zornig an,

und **MEINE OHREN** wurden vor Ärger rot,

und **MEIN MUND** redete sich fusselig,
um der linken Hand zu erklären,
wie schön es in Afrika ist,

und **MEIN DICKER BAUCH**
bekam Krämpfe aus Angst,
das Essen im Flugzeug zu
verpassen,

und **MEINE KEHLE**
schrie aus vollem
Hals die linke Hand
an, dass sie nicht immer
eine Extrawurst haben könne,

und **MEIN KOPF** überlegte, wie er die
linke Hand von der Heizung getrennt bekäme,

und **MEIN HERZ** schmiegte sich an die linke Hand,
um sie durch seine Zärtlichkeit umzustimmen,

und **MEIN POPO** machte einen dicken Furz, damit die linke
Hand es vor Gestank nicht mehr zu Hause aushielte,

und **MEINE NASE** jammerte, dass sie doch nichts dafür
könne, dass die linke Hand so stur sei,

und **MEINE BEINE** stemmten sich gegen die Heizung, um die linke Hand mit sich zu ziehen,

und **MEINE FÜSSE** traten gegen die linke Hand, damit sie die Heizung losließe,

und **MEINE RECHTE HAND** führte den Zeigefinger an meine Stirn: »Die hat ja einen Vogel, die linke Hand.«

Aber die linke Hand hielt sich ungerührt
am Heizungsrohr fest: »Afrika ist mir zu weit!«

Da fiel meinem Kopf ein, dass ich den Klempner anrufen müsse, damit der Klempner die Heizung aus der Wand schraubt. Und **MEINE KEHLE** holte tief Luft, und **MEINE BEINE** machten einen Ausfallschritt, und **MEINE FÜSSE** stießen das Telefonbuch aus dem Regal, und **MEIN POPO** zog das Telefonbuch zu mir, und **MEINE AUGEN** suchten nach der richtigen Nummer, und **MEINE RECHTE HAND** wählte die Nummer des Klempners, und **MEINE NASE** drehte der linken Hand eine lange Nase, und **MEIN HERZ** pochte vor Aufregung, und **MEIN OHR** lauschte in den Hörer, und **MEIN BAUCH** hielt die Luft an, als der Klempner sich endlich am anderen Ende der Leitung meldete:

»Hallo, hier der Klempner«, sagte der Klempner.

»Hallo, hier sind wir«, sagte ich, weil ich schon ganz plemplem war. »Bitte kommen Sie schnell.«

»Warum?«, fragte der Klempner. »Und wer ist wir?«

»Wir bin ich«, antwortete ich. »Meine linke Hand steckt zwischen zwei Heizungsrohren fest.«

Das war ein bisschen gelogen, wie ihr sicher bemerkt habt. Denn die Hand war ja nicht *zwischen* zwei Heizungsrohren eingeklemmt, sondern hielt sich *an* der Heizung fest. Aber wie hätte ich dem Klempner bitte schön erklären können, dass die linke Hand die Heizung festhielt? Was hätte der Klempner dann mit Sicherheit gesagt? Richtig: dass ich die Hand doch einfach loslassen könne. Ja, wenn das so einfach gewesen wäre, Kinder! Versucht doch mal selbst, eine Hand zu bewegen, die sich nicht bewegen will. Ja, stellt euch hin, greift mit der rechten die linke Hand und zieht ... zieht so fest, wie ihr könnt ... die linke Hand wird sich nicht vom Fleck rühren, wenn sie nicht will.

»Ich will nicht nach Afrika«, murmelte derweil die linke Hand ein ums andere Mal.

Endlich traf der Klempner ein, und ich erklärte ihm die Sache. Und, was sagte der Klempner? Richtig:

»Lassen Sie die Hand doch einfach los.«

»Das versuche ich ja die ganze Zeit«, erklärte ich dem Klempner. »Aber die Hand will nicht mitkommen.«

»Was soll ich denn auch in Afrika?«, rief die linke Hand.

»Schneid sie endlich ab«, mischte sich die rechte Hand wieder ein.

»Bitte, Herr Klempner«, jammerte mein Mund, »so tun Sie doch was.«

Da zog der Klempner an meiner linken Hand

und er **ZERRTE**

und er **FLEHTE**

und er **BETTELTE**

und er **SCHIMPFTE**

und er **SCHRIE**, dass ich noch
das Flugzeug verpassen würde,
wenn die linke Hand nicht
sofort die Heizung losließe.

Aber die linke Hand
hielt sich ungerührt
am Heizungsrohr fest.

»Fliegen Sie doch
selbst nach Afrika«,
sagte die linke Hand
zum Klempner, »wenn's
dort so schön ist.«

Da drehte der Klempner die Heizungsschrauben aus der Wand

und er **KLOPFTE**

und **SÄGTE**

und **STÖHNTE**

und **FLUCHTE**

und **BOHRTE**

und **HÄMMERTE**

und **ZOG**

und **ZERRTE**

und endlich: hielt er mir die Heizung hin. Mitsamt meiner linken Hand.

»Danke, Herr Klempner!«, riefen alle außer ihr.

IXAT
TAXI

Draußen nahm ich ein Taxi und fuhr mitsamt der Heizung auf dem Schoß zum Flughafen. Und was taten Augen, Ohren, Nase, Mund, Bauch, Kopf, Herz, Popo, Beine, Kehle, Füße und die rechte Hand während der Fahrt? Denkt mal scharf nach! Was würdet ihr nach einer solchen Aufregung und Anstrengung tun? Richtig, nichts taten sie während der Fahrt. Erschöpft, wie ich war, nickte ich gleich an der ersten Ampel ein.

UND DIE LINKE HAND?

Die linke Hand sah, dass Augen, Ohren, Nase und so weiter schliefen. Und weil sie ganz steif geworden war vom langen Festhalten, klopfte die linke Hand mit ihren Fingern leise auf die Heizung

und **SCHÜTTELTE** sich

und **DREHTE** sich

und **STRECKTE** sich

und **RÄKELTE** sich

und **ZOG** die Finger vor und zurück

und murmelte während der ganzen Fahrt zum Flughafen ein ums andere Mal:

»Ich will nicht nach Afrika, ich will nicht nach Afrika, ich will nicht nach Afrika.«

Allein, was konnte die linke Hand tun? Sich weiter an der Heizung festzuhalten, hatte schließlich keinen Zweck. Wie sie mich kannte – und unsere linke Hand kennt uns ziemlich gut –, würde ich notfalls die Heizung mitnehmen, nur damit die linke Hand mit nach Afrika kommt – in die Sahara! auf den Kilimandscharo! an den Pazifik!, eine Heizung!

»Mann, ist der Typ bekloppt!«, murmelte die linke Hand und tippte mit dem Zeigefinger unbemerkt – ich schlief ja noch fest – an meine Stirn.

Aber irgendetwas musste die linke Hand tun, wenn sie nicht mit nach Afrika fliegen wollte. Die linke Hand schaute sich im Taxi um ...

... wie, die linke Hand schaute sich um?

Ja, sie schaute sich um, warum denn auch nicht? Auch Hände haben Augen, Ohren, Nase und so weiter, sonst könnten sie nicht so schnell reagieren, wenn zum Beispiel ein Ball oder ein Stein oder sagen wir eine Faust auf uns zufliegt, die der Kopf noch nicht bemerkt hat, dann fährt die Hand blitzschnell nach oben, um das Gesicht zu schützen. Ich finde, wenn etwas überschätzt wird, dann doch wohl der Kopf.

Denn mindestens so klug wie der sind **DIE AUGEN**, denn sie strahlen von selbst, wenn du etwas Schönes siehst.

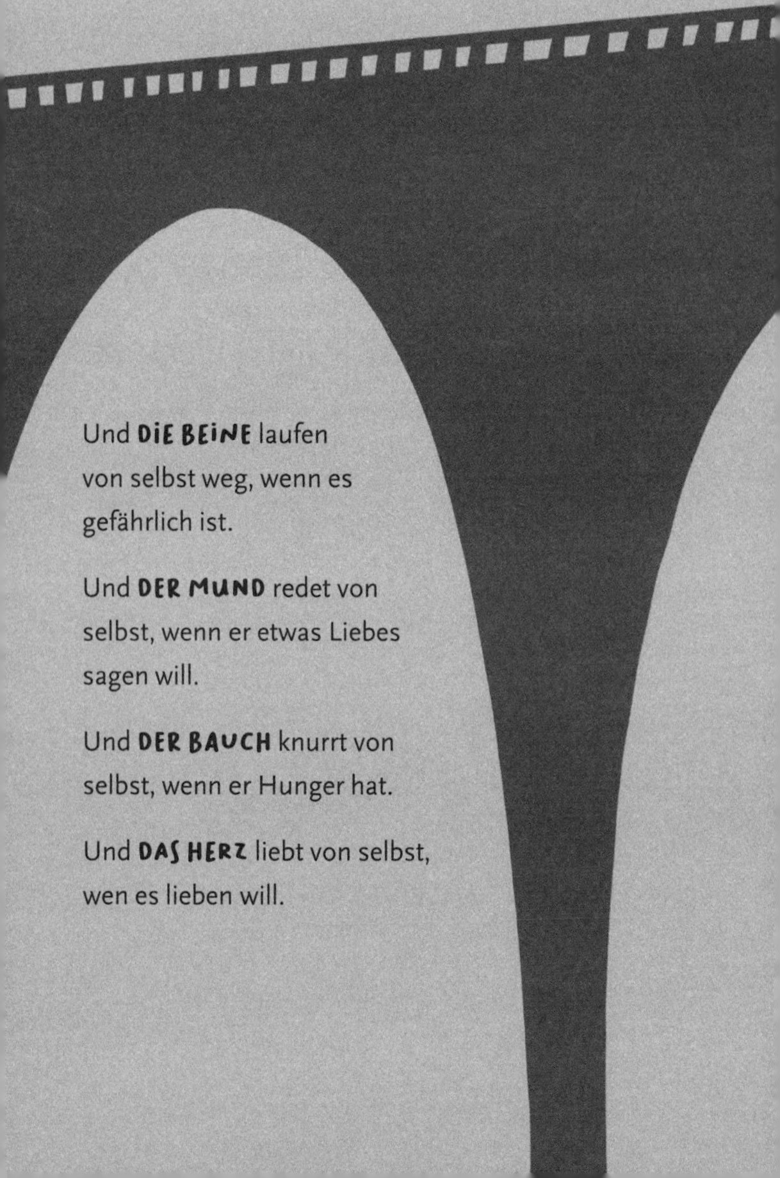

Und **DIE BEINE** laufen von selbst weg, wenn es gefährlich ist.

Und **DER MUND** redet von selbst, wenn er etwas Liebes sagen will.

Und **DER BAUCH** knurrt von selbst, wenn er Hunger hat.

Und **DAS HERZ** liebt von selbst, wen es lieben will.

Und **DER POPO** lässt von selbst die Luft raus, wenn sich der Bauch aufbläht.

Und **DIE BEINE** tanzen von selbst, wenn Musik gespielt wird.

Und **DIE FÜSSE** rennen von selbst, wenn Gefahr droht.

Ja, nicht nur der Kopf, unser ganzer Körper ist ziemlich klug, und bei mir ist am klügsten, wie ihr schon bemerkt habt, meine linke Hand. Leider. Denn was machte die linke Hand, während ich im Taxi schlief?

Unbemerkt schlich die linke Hand zur Tür des Taxis und hielt sich am Griff fest:

»Ich werd nicht nach Afrika fliegen, ich werd nicht nach Afrika fliegen, ich werd nicht nach Afrika fliegen.«

Als wir beim Flughafen ankamen, rief der Fahrer laut: »Wir sind angekommen!«

DIE OHREN hörten den Fahrer, **DIE AUGEN** öffneten sich schlaftrunken, **DER MUND** sagte: »Danke, Herr Fahrer!«, **DER BAUCH** bekam Krämpfe, weil er es vor Hunger nicht mehr aushielt, **DIE KEHLE** hatte gerade so richtig Lust auf den Tomatensaft im Flugzeug, **DEM KOPF** fiel nach langer Überlegung ein, dass der Fahrer sein Geld wollte, **DIE RECHTE HAND** nahm das Portemonnaie aus der Hosentasche, **DAS HERZ** fing an zu rasen vor Angst, das Flugzeug zu verpassen, worauf **DER POPO** sich rasch erhob, und **DIE BEINE** stiegen entschlossen aus dem Taxi, **DIE FÜSSE**

traten auf den Asphalt, um zum Terminal zu rennen, **DIE NASE** freute sich über die frische Luft, und **DIE RECHTE HAND** hielt die Heizung fest, als plötzlich

als es plötzlich **RUCK!!!** machte, weil sich die linke Hand an der Autotür festhielt, und dann **HUCH!!!**, weil der Popo zurückgeschleudert wurde, und dann **KNALL!!!**, weil der Kopf gegen das Auto prallte, und dann **AUA!!!**, weil meine Kehle vor Schmerz laut aufschrie.

»Lass sofort das Auto los!«, rief mein Mund, und meine Augen blickten die linke Hand zornig an, die sich mit aller Kraft an der Taxitür festhielt.

»Ich will nicht nach Afrika«, murmelte die linke Hand.

Ich zog an der linken Hand

und ich **ZERRTE**

und ich **FLEHTE**

und ich **BETTELTE**

und ich **SCHIMPFTE**

und ich **SCHRIE** die linke Hand an, dass wir das Flugzeug verpassen würden, wenn sie nicht sofort die Taxitür losließe.

Aber die linke Hand hielt sich ungerührt an der Taxitür fest.

»Jetzt komm endlich, du blöde Hand!«, rief der Mund.

»Afrika wird sowieso überschätzt«, sagte die linke Hand.

»Schneid sie endlich ab!«, meldete sich die rechte Hand wieder zu Wort.

»Du kannst mich mal«, erwiderte die linke Hand und streckte den Mittelfinger aus.

Da hatte mein Kopf wieder eine seiner bekloppten Ideen, und mein Mund bot dem Fahrer an, die Taxitür zu kaufen, wenn der Fahrer sie schnell ausbaute, worauf der Fahrer einen irren Preis nannte, tausend oder zehntausend Euro. Da tippte die rechte Hand wieder den Zeigefinger an die Stirn, aber die Kehle, die an den Tomatensaft dachte, schrie:

»Abgemacht, die Tür ist gekauft.«

Und der Fahrer holte den Werkzeugkasten aus dem Kofferraum und baute die Taxitür aus. Mitsamt der linken Hand.

»Ätsch, bätsch«, drehte die rechte Hand der linken Hand eine Nase. »Jetzt fliegst du nach Afrika.«

»Ich will nicht nach Afrika«, murmelte die linke Hand und hielt sich an der Taxitür fest.

»Schluss jetzt!«, rief ich und zog die linke Hand mitsamt der Taxitür in den Flughafen hinein.

»Sie können nicht mit einer Taxitür ins Flugzeug steigen«, meinte die Dame am Schalter.

»Aber ich muss nach Afrika!«, rief ich.

»Dann müssen Sie die Tür hierlassen.«

»Aber an der Tür ist meine linke Hand.«

»Dann lassen Sie doch die Tür los.«

»Aber sie will nicht!«

»Wer?«

»Die linke Hand!«

Da fuhr die rechte Hand der Dame zum Kopf hoch, und ihr Finger zeigte auf ihre Stirn.

»Sind sie bekloppt?«, fragte die Dame.

»Ja, ist er!«, rief von unten meine linke Hand. »Völlig übergeschnappt! Will nach Afrika fliegen! Dabei haben wir es zu Hause doch so schön!«

Da merkte der Kopf, dass er wieder eine Idee brauchte, wenn ich das Flugzeug nicht verpassen wollte.

»Linke Hand, du kriegst auch ein Geschenk, wenn du die Taxitür loslässt«, sagte mein Mund.

»Was denn?«, fragte die linke Hand.

»Was wünschst du dir denn?«

»Weiß nicht.«

»Einen Ring?«, fragte der Mund vorsichtig.

»Ich mag keine Ringe«, erwiderte die linke Hand. »Ringe sind hart, kalt und grundsätzlich zu eng.«

»Einen Stift?«, machte der Mund einen neuen Versuch.

»Bin ich etwa Schriftsteller?«, fragte die linke Hand.

»Dann vielleicht einen Handschuh?«

»Einen Handschuh?«

»Ja, einen Handschuh, einen superwarmen Handschuh.«

»Wie warm denn?«

»Also ganz dick und mit weichem Fell, so ein richtig kuscheliger, warmer, flauschiger Handschuh.«

»Mit Daunenfedern im Futter?«

»Ja, natürlich, mit Daunenfedern und Heizung.«

»Heizung?«

»Ja, so einem elektronischen Heizkissen.«

»Wird mir mit dem Handschuh bestimmt nie wieder kalt?«

»Nie wieder, das ist ein Handschuh extra für Nordpolexpeditionen.«

Da ließ die linke Hand die Taxitür fallen.

»Aua!«, schrie meine Kehle, weil die Taxitür auf meinen Fuß gefallen war.

»Du kriegst gleich deinen Tomatensaft«, beruhigte ich die Kehle, und die rechte Hand schüttelte der Dame am Schalter die Hand, und die Füße rannten zum Flugzeug.

Plötzlich schauten sich meine Augen um, die Ohren lauschten, die Nase witterte Ungemach, der Bauch blähte sich auf, der Kopf schüttelte den Kopf, das Herz bekam einen Anfall, der Popo ... ach, ihr wisst schon ... und wie die Nase reagierte, wisst ihr ebenfalls, und die Beine bremsten, und die Füße quietschten, denn ...

... denn die rechte Hand hatte die Taxitür mitgenommen.

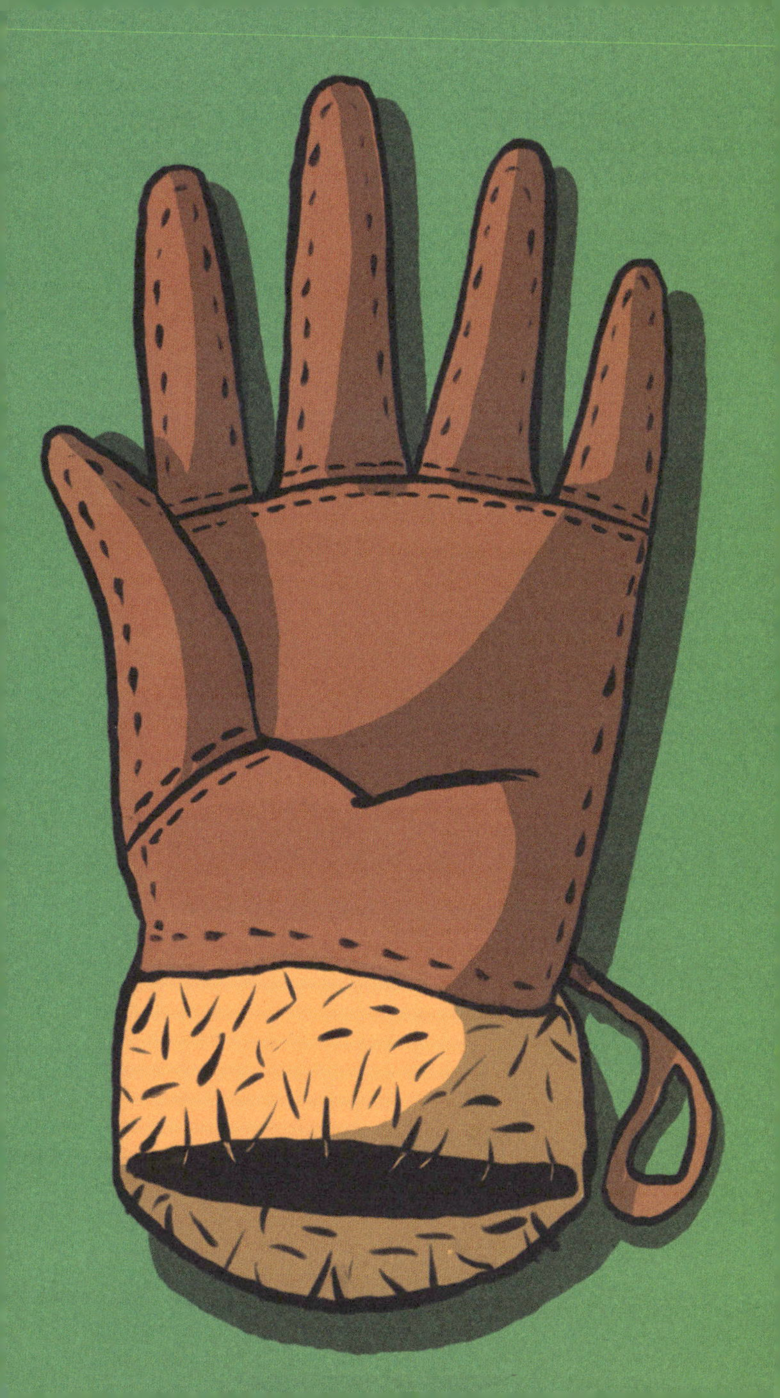

DiE RECHTE HAND????!!!

Ja, die rechte Hand.

»Ich will auch so einen Handschuh«, sagte sie. »Für Nordpolexpeditionen.«

Als das Flugzeug zehn Stunden später landete, trug ich also Handschuhe, so richtig kuschelige, warme, flauschige Handschuhe mit Daunenfedern im Futter und eingebauter Heizung – mitten in Afrika! Die Reise aber, die Reise wurde dennoch wunderschön

mit dem Nil für … na, für was? … richtig, **FÜR DIE AUGEN**!

Und der Musik … wisst ihr noch … **FÜR DIE OHREN**!

Und duftenden Kräutern für … genau! … **FÜR DIE NASE**!

Und viel zu lachen **FÜR** … **DEN MUND**!

Und würzigen Gerichten **FÜR** … **DEN BAUCH**!

Und exotischen Cocktails **FÜR** … **DIE KEHLE**!

Und vielen Geschichten für … ich bin nun mal Schriftsteller … **FÜR DEN KOPF**!

Und lieben Menschen für … genau, **FÜR MEIN HERZ**!

Und Kamelen **FÜR … MEINEN POPO**!

Und dem Kilimandscharo für … kommt ihr mit? … **FÜR MEINE BEINE**!

Und Aufzügen für … das wisst ihr bestimmt noch … **FÜR MEINE FÜSSE**!

Und zwei Polarhandschuhen **FÜR MEINE HÄNDE**.

»Ich hab doch gesagt, dass er bekloppt ist«, sagte die linke Hand und gab der rechten die Hand. »Versprochen, dass wir das nächste Mal zum Nordpol fahren?«

»Wir wollen nicht mehr weg aus Afrika«, riefen da Augen, Ohren, Nase, Mund, Bauch, Kehle, Kopf, Herz, Popo, Beine, Füße und auch die rechte Hand.

»Okay, okay«, sagte die linke Hand. »Die Kälte wird ohnehin überschätzt.«

Und wisst ihr, Kinder, da hatte die linke Hand ausnahmsweise mal recht.